萬卷文庫 ⑥⑤

覃虹詩集

訂正本

覃虹著

目錄

第一部份　金蛹

（民國四十六年至五十六年作品）

珊瑚光束

白鳥是初

水紋

草葉

第二部份　白色的歌

（民國六十年至六十四年作品）

第一部份　金蛹

（民國四十六年至五十六年作品）

取十七歲所見，垂掛在嫩綠的楊桃樹上，那燦燦的蝶蛹爲名，是紀念美好的童時生活；是象徵我對詩的崇仰：永遠燦着金輝，閉殼是沉靜的渾圓，出殼是彩翼翩飛。

他說：「有人自霧中來。」叫我從雨裏去，不要恨恨地踩過木橋。

珊瑚光束

等雨季過了

他們教我，最好在早晨
早晨冷雨後，摘下那木槿花
看略透明的絨瓣上
更透明的涼濕之——

清醒。　等她被珍重地夾進厚厚的書冊裏
等雨季過了，我想，我就可以捕住
一影淡紫的春天

捕住，最後用手指催她眠
春天碎了，因我不自主的不可原宥的顫抖
喉，顫抖，爲驟臨的初時的懷念

如果用火想

那麼，生命是一條走向無所等待的路
兩旁樹着奇妙的建築
有睁窗之複眼的時常流溢歡歌的巨厦
有憂鬱的小圓屋

那麼，沉入驚顫的白玉杯底
是往事之項珠裏兩顆奪目的紅瑩
三月與七月

設使儲夢的城座起火了，在雨中
我怔怔地站着
觀望一個人
如此狂猛地想着
另外一個人

蝶舞息時

哦，那是春天，是薔薇的蓓蕾
我們在雨中相遇——

記憶不起了麼？也許
日記焚了，再也尋不着往日的一絲兒
笑意。
　哭泣吧，你怎不爲垂幕之前的琴音哭泣？

而我，總思量着

墓上草該又青了；蝶舞息時

雖只二瓣黑翅遺下

說：

哦，那是春天

我們在雨中相遇——

憶你在雨季

是雨季，唉，昔日的人竟都流浪去了
今夜，再也沒有誰撐着黑傘
走過那橋，走過那長長的街道

是的，再也沒有人
走過長街；除了往事那疲倦的小旅人
今晚來訪；且以他顫抖的手指
叩我眸的籬門

往事輕叩我眸的籬門
怎樣作答？一顆顆眞珠的無語

是雨季，昔日的人都流浪去了
唉，昔日
就像今
像今我們隔着一個
冷冷的夢境

隕星

愛情光化而去了
遺下點點的點點的，啊！爲什麽是
葡萄燈盞之明滅
爲什麽是回憶，是一窗細雨
是一窗淚！

讓我，啊！輕聲問你

問你問你問你
再問你：
那裏去了呢？
我少年時代的第一曲戀。

逝

讀完了一朶小白花的遺書，
扁柏樹說：也飄到青草上了，我的絲帕
那曾在三月的白鷺鷥的頸柱上做夢的
我的絲帕，飄到青草上了。

而朋友，誰失蹤了，誰死去了，
更誰在三月沒有了消息？

我的葉網吹過許多聲早安——扁柏說
但不知絲帕在那裏，
不知愛做夢的陌生人在那裏。

讀完了一朶小白花的遺書，
青草上有人哭泣……

想起翠島

長街與長街
私語着，一箇七月，
你乘淺笑的浪花歸去。
那時，夏贈給你許許多多的
美，翠島的棕漣漪紋身的貝殼。

那時，長街與長街，還衹是

爲黃昏雨所彈的
二線歎息的細弦。

但是的，我走過了一季夏，
一季翠島的少年時期。
記得甚麼？暮霧中舟漸遠了………

再版追記：臺東市西面海上，有島俗名火燒，余私謂之翠島。童年友伴節枝女史居於島上。夏季來東，輒以整袋貝殼相贈。余念故人，温柔敦厚。然彼猶不知，余爲寫詩之人也。

小葉簡

假如有一夢，偶而在我百葉窗外
曳晨星的千萬金絲，交織着
念；

假如有一夢，不是返思
不是前憧。我傍石柱，夜深時
瞻走廊延向坟塚；
想我們終歸要經過。

點燈人呢？在一杯
恬淡的友誼中，我知道了
芬醇藏於平凡；甜美藏於平凡。
點燈人呢？我不想到遼遠的域外
因爲害怕陌生——

蝶蛹

當有人在樹下靜坐
是甚麼使你仰臉，甚麼使你望見
那慘金的亮殼？——

希望也曾如此垂掛在
高高的枝椏，如此等待着
夏，我要悄悄迸發——

叩開我的金殼，伸出我的彩翅
以微微的驚歎，以心跳——呵，如此美
難道夢中之夢早被窺知，而石膏像
睜開了眼，當一切都被給以靈魂……

而初遇之初，美羅織成網
有人被縛住，當靜坐在樹下

尋

禁園裏滿是茉莉白的
淚，與葡紫的憂傷。啊！
何以老恨一詩人底手
執筆且持匕首？

哦，不。我願是一襤衣的流浪人
醉臥在陽光的酒盞裏

綿綿地，想着天涯——
縱然，希望正燦；縱然
我底城堡，正閃着
黃金的亮光。

想着天涯，心中充滿感激，
感激人們以愛美麗了我的現在。
而噩夢醒時沒有欣喜；
而甜夢過後不再悲哀。
曾經我是個癡傻的女孩。

致

伸來了，那一隻握着鋼鎚的
枯瘦的螢光紫的手，鎚我
心弦碎；而霧幕遂低降，
而睡蓮眞的睡了，睡在
七月永不醒轉的冷藍色湖上。

而霧色何其薄呵，掩不住我眸——

當子夜到臨，當死亡的手指
伸來，見遺言停在唇邊：
爲你，我將長眠在
永不醒轉的遺忘的湖面。

莫

夜深深，夢冷冷，
怎又爲我哭泣呢，
娓莉，我可憐的娓莉！

笛音淒了，莫縱蚊翅
營營於枕畔；
莫縱衷曲
喃喃於夢旁。

妮莉，啊，莫哭泣，
我可憐的妮莉啊，莫哭泣！

莫當夜深了，才自那遙遠遙遠
我眺不見的異域
呼我，以微弱的淚光；
莫當夜深了，才呼我：
孩子呵，歸來……

我已經歸來了，
莫縱哭泣那尖刀割我魂。
莫苦我，如此年年月月日日，
妮莉——啊！我太自私。

金色洋中

金邊的框裏缺少畫像
可憐，淚滴再也凝不成眞珠

但這裏的點綴却太多太多
濃濃的海帶林，冷冷的珊瑚叢
且又有貝殼鋪就的長道
崎嶇而無光輝

記憶不起帆影如何消失在
紫灰色的暮霧中
記憶不起初遇夜，雨絲曾否
織入些許些許欣喜
呵，我只嚮往起航時細碎的波音如泣
只懷念送行時那朶
純白的、微透明的、淡香的小十字花……

編不出動人的故事
描不出心形，呵
金邊的框裏缺少畫像

藍珠

會不會太單薄呢
祇剩得這顆啦
靜默，我以之
叩謝你的眞誠

一九五八年冬・晚・課座上
我的宇宙冷縮冷縮
冷縮成藍珠……

之後，月光以銀指
撥垂窗帘
之後，有人在
小圓屋中，點——
一彎柔美的淺笑
一燭不謝的凝視

而我慚愧
銜着我的宇宙
這謝禮，小小

一顆
　靜默

虔心人

最後一滴煩惱的血，凝定成紅玉
在古佛的金額上
與你同聽虔心人低低的禱語
誰是焚身的檀香

唉，怎麼展眸又是海
色藍而冷、而亮、而碎了偶駐的甯靜

鐘聲裏有珊瑚礁
鐘聲每令船沉

虔心人每晚祈禱
每晚縱帆遠航，然後空虛地回來
然後默然繪舊日的幻景，那
一尊尊微笑互睇的石膏像和石膏像
一尊尊待贈靈魂的美和美

有人說：她將痛苦，也許五年也許十年
同聽虔心人以低低的禱告
承認又否認；否認又承認
最後一滴煩惱，與
焚身的檀香

止舞人

山茶花式的
白裙牽着白裙
再牽白裙
一千瓣傘展的
夢的屍體
一千瓣謝落的春

我眞想揉綰你呵
只要憂恐起自心中——
何人擲生命向青草地
何人止舞，何人捽粉夢踐碎春
命運，明日你必須依從

我眞想揉綰你呵
白裙白裙白裙
只要憂恐起自心中

懷鄉人

揮霍盡翠色幣，一棵蒲葵想
回南方去，去長街的起點，望那少年，招手在終點
回南方的海湄去，去撿拾一些不語的念

南方，黃昏霧總朦朧了早綻的寺燈
南方，我的母親愛沉思，父親愛聽我
棕笛吹出一節節歡愉
南方，小樓上舒正數我歸期

你信不？那兒游絲可以架橋
那兒，牽牛花，可以催睡太陽
你信不？那兒的阿米族少女，最會刺繡

揮霍盡翠色幣
一棵蒲葵，想回南方

滑冰人

一葉葉日曆紙被撕下，我揚拋了
無數短夢，沒有些微吝惜地。

哦，來不及，是的，我來不及
幻想，來不及回憶——
於遼廣的冰漠上
以超光之速我們並肩滑行
（小伴侶，我爲我的幸福哭泣）

而明日距我們近甚，近得
我們未曾為今夜互道完晚安
它已逝去。明日為年輕的刀鞋劃斃
睁圓驚異的眸，眼前是一道長長的白光路
一境不醒的夢

而小伴侶，明日我揚拋了無數
看一葉薄紙是一蕾雪花
凋在身後。啊！何等生動的死亡
她謝時正值盛放！

嗯小伴侶，是的，來不及了
有太長的行程待趕
我來不及幻想，來不及回憶
來不及為每箇失落行祭禮。

當你畫我

藍色呼嘯而來
許多珍貴的虛幻，太憂鬱地
退去——
「海底將有大火燃起
　　珊瑚樹之邊，立着珊瑚樹
　珊瑚樹之邊之邊，仍立着珊瑚樹
「而你的名字，是不死的燦輝

你說：
「仰臉，望我——

「不要再自酌獨飲故事的滄淒
雨季已過，不要再拒絕金陽光
不要再設計你的墳塚，是砌
三千六百面的水晶
座落於無盡長的夢的睜眼與閉眼之間

「仰臉，望我——

「雨季已過。 復原在
疲勞的灰面紗後，以待舞之
芭蕾女的美姿，等你，等你。」

而虛幻，太憂鬱地退去
自冷冷的泥地，一株嗜光的小植物
太驚怯地，仰臉，望你——

藍光束

那是太細太細的長繩
橫自圓圍着宇宙的淒亮藍珠幕
我如何哭着過去，幽靈們說
夜裏無限恐懼。怎麼哭呵
柔思會斷。眞的，它太細了……
　　若使我是凋葉
　　　　遠遠地飄離
若使你，唉，是葡果，不說再會地滴落

黑色的聯想

黃昏，是哭後的眼睛
望着我，以全燃的感情

而終於，可視及的
和不可視及的——
五千色火光齊滅
（你承受不起我的信仰）

黑了，林蔭道；黑了，寬闊的長橋
而指揮命運的魔手開始安排
（長針追蹤於短針後，勢必趕過）
安排——
暗夜中更暗的死亡，於七時一刻
我乃驚悟，黑色的鐘點過了
一切都不能恢復
你不用面西——悵悵地

衆弦俱寂，我是唯一的高音。

白鳥是初

白鳥是初

而不退潮的念在
島，你雕像的四周昇起
而距離是隻太長的手臂
撒下網，網住一九五七
我們的初遇

那無窮白正成熟着完美
豐盈着生命。從南方的晨裏走來

一棵小草，在足邊
（而許多小草也是如此的）
爲它的未定的方向顫慄
所以神，我選擇了你
　從南方的晨

永恆必要地存在
在極地的白裏
而雕刀說
　用你堅定的立姿
紀念那藏放我的柔弱的心——

註：白鳥，代表着我至遠至美的憧夢，那幾乎是不可追尋的幸福。孩提時，我常夢見白鳥，體態嬌小，翎羽瑩潔，靜靜地跳躍於桂樹的細枝間，葉蔭使空氣變得清冷。這一直是我最珍愛的秘密。謹以此詩贈給藍。

不題

從盼企中走出
請上階石，踏着叮咚音符
有顏彩以繽紛來，有江海以澎湃來
我的神，請上階石
豪華的寂寞，在你之後

則引我以昇，回首是悠宙

且信仰我們同存，或者同隕
且等我等待，於此長階
背景是亙古

我的神，請引我以昇
從迢迢的視漠中走出
啊　藍，請上我的階
紛繁的聲，在你之後

我已經走向你了

你立在對岸的華燈之下
衆弦俱寂，而欲涉過這圓形池
涉過這面寫着睡蓮的藍玻璃
我是唯一的高音

唯一的，我是雕塑的手
雕塑不朽的憂愁

那活在微笑中的，不朽的憂愁
衆弦俱寂，地球儀只能往東西轉
我求着，在永恆光滑的紙葉上
求今日和明日相遇的一點

而燈暈不移，我走向你
我已經走向你了
衆弦俱寂
我是惟一的高音

未及

無邊的黑夜初臨
藍鳥飛，飛向迷惘的上方
你的眼猶有前一個夢境的疑惑
網羅層層，那琴聲絕高
而且惟一的燈，在未及之地熄去

我的靜默在喚你

感謝你曾來，並給我力
你的笑容長留我眼中，可貴的同在
爲不可再現的每一刻
我用靜默喚你

你諳我言語，如我能見
琴聲之飛，藍鳥之飛
迷惘的上方，我的神常在
我的藍常在

昇

我忽有雕心之慾
　　　　在湖岸
啊，佛釋迦，請爲我擊
燦燦的希望，燭之白圭
（而我爲你擊，在湖岸）
於圓鏡的中央

將我和感激聯想

那顏面沒有愧色
請爲我譯，佛釋迦
譯他的言語——兩箇世界
隔朦朧的星帷
在此對視

那必是昇
超乎美，超乎眞實
超乎，芬馥的愛情，人能夢及之夢
那必是昇

在湖岸

在湖岸

獵人的腰帶

如此美的光，在諸光之中
從獵人的腰帶看起，月色是慘白的日本小姐
莫名的靈感朦朧你臉，如此美的光
在園中，在諸光之中
最中那顆，是紅寶石，在腰帶最中

幸福浮沉着，於那輝煌的園林
當我們從獵人的腰帶看起

從「我們寢室的人說……」說起
幸福——許是那紅寶石的一閃
　　只要我愛

踏過，以細語的步履
在園中，在橋心
把醉意留給夜，我的神醒着
微笑
向他的右

且踏過。　那是虔敬的
我們的步履，誰也不能捻塑
　（管夫人的指頭，留着寂寞的泥香）
我們的步履，誰也不能捻塑

從獵人的腰帶看起
幸福的園林，我們且
輕輕踏過

藍色的圓心

幸福的韻動初於此，始於此
藍色的圓心
　波漣之起地；盪漾的源
烟火外。衆星是靜默的言語
所有盟誓當沉寂——
一項美溶入另一項中
有淚則流竭它

有怨懟，則說盡它
誠懇且潔白相對

你來你是夜
你去你是晝；你乃幸福的長在

清冷微微，如早晨的水面
一種愛情的時令；所有脆弱中最脆弱
堅定中最堅定的
啊，季節——
加你名，你是神
於我卽恆久，卽永古
且卽單薄的生息啊——

用這樣圓的輕輕足聲

踏着相一方向
　朝那片境地，新奇未測
水紋展開，自起步處
衆星是靜默的言語
所有盟誓當沉寂

藍網之外

我已脫身捕捉
憂傷，那透明之變色蝶的
藍網外
如果歌自心中來，便訴諸遙遠那星
神，我已脫身藍網外

我讀過希望的意義

所以，等待，你的名字不是焦急
我讀過愛情的意義
所以生命，你的名字，不是空虛

而笛音乃千年的召喚
（雖然人笑說，多麼豐富的貧窮）
在靜靜的池畔
在藍網之外

你有所夢

諸音鏗鏗然落下
夜落下
你有所夢，你引領而望
禱聲在轉換，你以顫震的
當虔敬的手伸來
你以顫震的心去接

燈火凄迷，你彷徨

你仰面而望，大大的宇宙
你說，請前來充實

諸音鏗鏗然落下
藍色氤氳中
那人驚歎——啊，與你比影而立
你的世界豐盈而無有邊沿
許多一瞬，是久遠的美麗
我不能忘記

則你是風景

此地滿是藍，浩浩的沉寂
我們返回最初，正是冬
掌心無有風雨
　　東籬以東，菊開菊謝
而爲我神者，一度將我提昇
玉石的額上，酣夢千年

則成山林之形，醒後的時代
而你是可愛的風景
若你前來，由起自紅橋蜿蜒小徑

無有琴音始綻的驚震
此地是浩浩的沉寂
　小小菊花開，小小菊花謝
冬日的輝影，投自林外

夏天凝凍在此

我將你設置，在畫境之中
街道像飄帶，白色的飄帶一樣
深入烟靄，深入綺夢

二十里長，在傍海的小鎮
我們可以不倦地走完
路的涯岸是冰柱，夏天凝凍在此

你化爲透明的森林
每片新葉說着芬芳的話語

你諳悉這境域，我心是白極
二十里的街道，可以收穫你的步音
芬芳的
那一朶白花，一朶白花，一朶白花

初啓

雨聲如琴　鐘聲明澈而緣
於天堂初啓　初鑄　更初氤氳之時
一季候展開　光曄如此閃耀如此緋麗
如此繽紛以琉璃　如此像無意的笑
流過是燈是人　夢幻一樣霧在遠處淹沒
淹沒靜　以靜

秋初　秋末　秋末秋初
母親循環着我們

賀花如火花　消失在最光燦中
夜涼似水　無聲地氾濫
　　在最遠的波紋上
藍呵　　宛然　白雪紛飛

十字花

用藍花用神殿
覆你綠石，你上仰之冷面
月光，如藍色的睡袍，落上草
此地，音樂卽起，卽逝
呵，多深的藍，多冷的石

你是石你是石，在那光潔在那故事中

在花園中，爲一孤寂的藍色十字花
我用藍花覆之，用麋鹿之足

但你又蛻化而出
將我扶起
我俯倒在階上

瓶

其上你無憂愁，汲水的瓷瓶
在案上如在古代，如在泠泠泉邊，
你無憂愁，你飲其中甘洌

又在深林，千萬片葉面欲滴着透明
散步過此，你用瓶汲引清液
詩一一形成

隨時傾注，樂聲不住地拍動薄翅
我在其中，我是白羽

案上列滿期待，一如岸上
你凌涉重重的時光前來
取走那瓶

彼之額

彼之額在繁花之中
彼是一岩
彼冷然

藍綿亙無盡，彼自其來
彼傾天籟於秋季
秋是全部夢境

以珠石之明豔
以琴韻的高
彼之額，在錦繡之中

髮上

那藍色凄凄，髮上有刺繡、微笑
和一撫的手，那手凄凄

憶你音容，你的音容是一片浩瀚
是明霽

我凝神向那棲地

它無處在
又無處不在呵，藍色淒淒
而髮上，我無須察覺的
耳語是你，微笑是你
我在舟中睡去

慊

凝定在紙上，神的默思
看我把它畫成斑斑的桃花

當我遞去匕首
他靜默如一面華采的青石
秋風中，我聽到滴血的清音

時光也被感撼，成微塵不染的透明
使走過的路
繞成花苑
　只用那奇妙的感應呵
連接未到的世界

看那靜然的贈獻
滴瀝又凝在斷簡
如我的詩
如黃昏燃着的蠟燭

生之悲歡

我來自遙遠的屋　它埋沒在草間
我上昇　向高處的燈
但是我下降　吉田埋葬我
吉田被埋葬　被草埋葬

鼓聲很遠很遠　像我最初的哭聲
悲劇在鈸上等待　我沉默
我寫　我拍案　我在橋上喃喃喚她

彼是鑄錯的人
我尋不到吉田
尋遍水中　風中　雨中

海誓

你的淚，化作潮聲。你把我化入你的淚中
波浪中，你的眼眸跳動着我的青春，我的暮年
那白色的泡沫，告訴發光的貝殼說
你是我小時候的情人，是我少年時代的情人
當我鬢髮如銀，你仍是我深愛着的情人
而我的手心，有你一束華髮，好像你的手

牽着我，走到寒冷的季節，藍色的季節
走到飄雪的古城，到安靜的睡中

當我們太老了
便化爲一對翩翩蝴蝶
第一次睜眼，你便看見我，我正破蛹而出
我們生生世世都是最相愛的
這是我小時候聽來的故事

但傷感是微微的了，如遠去的船，船邊的水紋……

水紋

贈蕭邦

我在冬天珍珠之清瑩的季節聽着數着你，你
非陽光非飄下的划泳在風中的樹葉，盪漾波漣向我鬢髮

滿潮之海，無限深並藍，你落木檠
海洋，是南方之海洋在春天裏的，薄薄的
冷意，用貓的睡眠睡着

戔戔的銀足跳躍跳躍點上玉階，你如早起，
便聽見禱句清晰響自海之邊沿，自薔薇之慈，
必然是一行詩寫在發光的草地

翻開這頁次

翻開這頁次，以時間的纖指
那面容將走過，而塵埃將展微小的翅
飛起，在記憶之上，在懷念之上

黃昏總不轉暗，總漸漸透明
總從六時三十分亮起
那面容走過，影子是一束喜悅

那面容走過，跫音很輕
　翻過這頁吧，塵埃飛起

而這些是你的。命運那黑臉的婦人
也將被翻過去
而塵埃飛起，在憂悒之上，牽掛之上

寫在黃昏

圓葉浮起，光陰刻在青蒼的臉上
我們的心是海，是湖
最後是小小的池
游絲交錯，圓葉之上，圓葉之下
盼望如一滴水珠

有時我們會突然的愛着陳舊的故事

時間便勝利了
它披着長髮
而且很陰暗
像那曳了一地的，那垂柳

那些古老的傷感，總要從盼望以外來
暮色加濃，影子貼在水面
撕也撕不開……

瞬間的跌落

那小小蓓蕾可最柔嫩。愛情，最易夭亡
你的秋天的憧憬寫上一張面容
轉後轉後，燈就暗了
相遇不過是沒開出來的小小花兒
你不過是可憐的偶然

你必得相信，來復去兮

神是你的心，僅僅是你的心
親親啊，影子投在右邊
石子路，星光，綠草坪；那是謠言
影子投在右邊，啊親親

而來復去兮，你無哭聲
你的秋天的憧憬寫上雲間
那愛情可最柔嫩，最易夭亡
你不過是可憐的偶然

汎愛觀

用某種信仰看雲
春天爲什麼渺渺茫茫
春天給誰買了去
明朝我們哪兒談心好

總是這麼一辮辮數着
好春天，該如花

愛情那有趣的結兒總是解了又打
（我們可以下一個賭注
憂鬱是廉價的）
好春天，該如花

一枚小小的十字架
裝飾在壁上
一枚小小的痛楚
裝飾在捧向胸前的手上
春天爲什麼渺渺茫茫
看雲用什麼信仰

夜來的體裁

她常要想起，以這些
以這姿態。忽然你是蕈菌，森林中
忽然你是青苔。不以什麼
有時她這樣想起
風管他的吹過水湄
雨管他的打在石上
常要在神聖之後，這樣想起
不以什麼，在莊嚴以外

夜色眞容易崩潰
她的心中的巨像也眞容易
河流哪，河流流向南
某種顏色眞令人憂戚
且悲哀一些時
且祈禱
且向和暖的小宇宙
覓一個長睡去

迷夢

靈犀霍然不靈
心無龜甲，不能卜
來世的約會
在塞北，在江南岸。
我說故人哪
道別時你折柳絲
抑折髮絲？

迴光漸息，如將翕的睡眼
鍵上指移走，鏗鏘也漸息
像一朵花，無奈、無奈地
在霧中消隱。

卦者說，神將粉碎
在粉碎的水晶中死去。
最後一滴淚，我說就碎向
大海的，大山的
洪荒的靜默吧
江南，江南我另有約會。

扁柏樹織，髮也織

故事書也織，織最密的網
網我成繭
繭外是禪，禪外是迷
謎底如迷，網在迷中輪迴。

一輪一夢。却無以探測
因爲解夢的大書也丢失在夢中
在迷惘的江南

再版註：先慈乃福建龍岩赤水人氏。年幼常聽母親說家鄉故事。印象深者有龍井鎖龍，鐵鍊泠泠；彩虹吸水，鏗然作聲………是以日後取虹爲筆名，幷有江南迷夢之句也。寫出此事，或可釋某詩人謂余何事迷戀江南之疑。

水紋

我忽然想起你
但不是刼後的你，萬花盡落的你

爲什麼人潮，如果有方向
都是朝着分散的方向
爲什麼萬燈謝盡，流光流不來你

稚傻的初日，如一株小草
而後綠綠的草原，移轉爲荒原
草木皆焚：你用萬把刹那的
情火

也許我只該用玻璃雕你
不該用深湛的凝想
也許你早該告訴我
無論何處，無殿堂，也無神像

忽然想起你，但不是此刻的你
已不星華燦發，已不錦繡
不在最美的夢中，最夢的美中

忽然想起
但傷感是微微的了，
如遠去的船
船邊的水紋……

時光

時光已不是陌生的訪客
竟用奇異的幻術，據每個所在爲主人
它白髮也罷，輕舞彩袖也罷
最後再無自己的容顏

而我此刻靜坐池畔，不再馳思宇宙
反將宇宙收縮，縮到小如
此圓池，此藍池，此蓮池

時不我予，時我予
蝶已死，美麗的屍體停在草間
它的複眼曾幻千面的你
而千眼盡迷惘

呵，對了，是最茫然，最蒙風沙的
在濱海的小鎮，成蛹、化蝶
皆在午後的園中

但皆爲時光淹沒
時光那冰冷的顏面，最淹沒我
因它知悉，我最可溶

彩色的圓夢

讓我也建一所華屋
就在你住着的大路
我甚麼都該加倍還你的
捕捉不到的幸福，和
不必捕捉的懊恨

自圓山之頂，彩色的圓夢

紛紛飄逝了
我早已不是愛吹泡泡的孩子
你的心情一定也不是依舊

讓我所有的懷想，都張着小小的圓翼
飛入你綠湖湖的夢境
昨夜行經你的居處
竟希望你恰好推門而出

下次再見，一定我已中年
人笑說：她始終不知
一次大意，便是永久的放棄
幸福的靈光，只一閃爍，便無聲跡

下次再見，已經中年
我一定變得傳統而平凡
可還有夢，張着小小的圓翼
七彩斑斕，紛紛飛落，和音樂一樣
飛入一片無望，一片迷茫

我在你心上的冰地，開空虛的花，結無子的果。

草葉

懷人

爲你貯一海的
思，悄靜而透亮
你的臂彎圍一座睡城
我的夢美麗而悠長

最微的燈，一扇半圓的窗下
你的名字，化作金絲銀絲
半世紀，將我圍纏

貯一海的思
在那靜悄的城池
最美的語音像最美的花瓣
夢中，落我一身衣裳

懷人

跨過七個石墩
用蝴蝶的彩翼，用蜻蜓的薄翅
還是芭蕾的鞋尖？
呵，不，我只有苦行僧的草芒
跨過七夕
一個駐足，千個期望

幻覺

有鈴聲響自天國
（我在泥洞裏哭泣）
一串芬郁燦爛的花自天國垂下
（我在泥洞裏哭泣）
那人在橋上。一個約會在風中
等着
（我在泥洞裏哭泣）

在風中轉著，燭光燭光
在風中等著
如果一片心中一片靈火熄去
世界眞是夢境了，空渺渺的
又是錮閉的斗室
又是泥洞呵
潮濕地埋葬一隻
虫蛹
（蝶蛹呵
春天呢
那人是花園
那人是園丁
我非花，我非花

那人無以栽護
愛不是偶然的贈予
靈火啊，靈火
在風中轉著，在風中轉著）

火後的雨

這心情是哭泣的心情
你必深悉
若你是那叩門的人

這心情是雨中的心情
火後的雨，風裏的雨，山間的雨
心上有憂愁的紋路
錯綜地

印着哭泣的足跡

而你的華厦落鎖
你的園門落鎖
我是踟躕的
不撐傘的人
却又最易飽足
說：相知卽是幸福

這心情是永訣的心情
迎面飄來，紛紛的，是你的
髮絲
何時是清明時節
你做祭坟的人？

綑

我是繭中的化民
你用千絲綑我
我不能站到殼外看人生
看自己可笑的一丁點兒人生

你是岸上的人
能感知多少灼熱
當我自焚

當我赤足走過風雪
你是畫外的人
正觀賞那茫茫的景緻

千絲千淚千情
我走進那交錯牢密的細繫
一點也不想看人生

草葉

摘自靜夜的橋邊
一草葉
是我衰弱的幸福

在那木橋之上
有如一葉草
我衰弱的幸福

不經意地，我摘下一片草葉
好像想從你的心中
取到一片幸福

但只是摘下
小小的孤零的
一片草葉

抛置者

往何處拋置
虛年虛光？

你將在那個圈中老去
髮的圈？夢的圈？市聲的大圈？

我也無由地悲傷
悲傷悲傷爬過你的額際

爬到你的白髮
而你終究遠隔如山
你揮霍華年於一切
光亮的和繁喧的事上
獨不於我的佇企和
愛情：一種虔心和
一種輕淺的柔蜜之上

置華年爲虛年
你將在那個圈中老去
當我怠然、黙然、潸然看著
悲傷爬據你風中的亂髮
當我看着你
匆忙走過

即景

（一）

這是一片水晶的世界
刻着我的名字
所有的歡愉和期待
都冷凝、淨化
化入芬芳的杯盞

你的聲也千音一化
化作潔白的流雲
從彩虹的天軌，從彩虹的大圓中
穿過，穿着白衣，無束無羈

（二）

當你摘給我早秋的茉莉
一束茉莉
你說你曾是賣花的小童
我眞聽見花聲了，從細雨的街上傳來
或從我的心中傳來
也下小雨，好聽的花聲

水㦰

你在煙雲的高地
但涉水處，水草交纏
柔柔的千臂，牽結千網
有人勢將溺斃
水中的孤靈，孤荷
溺爲一朵

一朶水魂：憂傷的水蓮呵
霧靄的湖中，千根植長
却閉慈不開，因那無端的宿命
那固執的憂傷

張柔柔的千臂，水草交纏
有人勢將溺斃，一種閉慈的孤寂
不能遷植，不能渡濟

縱然，唉，你伸手爲舟
從那煙雲的高地

贈

焚身於一片水光
用蛾的垂首、化灰
在那湛淨中我必然要消失
好像從我的心中，你堅要把自己移走

詩末

愛是血寫的詩
喜悅的血和自虐的血都一樣誠意
刀痕和吻痕一樣
悲慟或快樂
寬容或恨
因爲在愛中，你都得原諒

而且我已俯首
命運以頑冷的磚石
圍成枯井，錮我
且逼我哭出一脈清泉

且永不釋放
卽使我的淚，因想你而
氾涌成河

因爲必然
因爲命運是絕對的跋扈
因爲在愛中
刀痕和吻痕一樣
你都得原諒

第二部分　白色的歌

（民國六十年至六十四年作品）

未定題

這兒眞有連天的芳草
連天連地的空寂
決不讓車轍足痕輾過去
前面是一片純然的
空寂。下午了
推嬰兒車的人
走過，是四點鐘

無端地惦想
山中潮濕的蘚苔和青蕨
遊絲牽連着晚霧中的
木橋。畢竟走過了啊
你南方南方的詩魂

牽連着無邊遙遠的故事
或是一枚兩枚花卉郵票
蝴蝶郵票，黃豔豔的
蝴蝶啊蝴蝶和
另一枚紫得悲傷的
卡多利亞
我怎樣從那小幅的花采中
讀出你無邊固執的憂戚

便不再拘謹於菱於蓮於堇
一切憂鬱的植物
如果憂鬱已出塵、凌然慾外
便可以笑着哭着擁抱你

乍見山的容顏，你說
玫瑰就凋謝了
這我卻不知
渾不知，已是許久以後
坐了許久，日已西斜
看不到織衣的老婦人
樹下也沒有蟬聲
也沒有螢

萬古空寂，唯容
一片詩心

六十年·屏東

那孤挺花

是紅的
那孤挺花

用大玻璃罩保護我吧
讓戰爭不要氾濫過來，征去
我的男人
讓舟渡自橫

讓綠綠的攀緣植物從四野溢上軌道
帶孩子散步看小火車恍盪駛過
的黃昏
讓我不要去想所謂刻骨銘心的事吧

孤挺花
我的心好蒼老好悲傷
不堪早時
時間的感覺像鐵軌的伸展
一到中午，它驀然轉向，彎曲成
圓
每個剎那
蹲在那裏，像一天細碎的星星
等距離地

與我相連，相連以毒箭流火
我的心啊，是
萬矢之的

他來信時是明媚的春天
到了秋天，風沙從河床
自己昇起
狼煙一樣升入雲霄
移動、擴散、彌漫整個
市鎮，整個灰濛濛的
啊，孤挺花，我的童年
童年的秋天，秋天的
早晨，一早就刮風沙
啊，卑南溪，卑南溪

幾里寬的河床
濾不了風沙的防風林

孤挺花是白的
我的不堪
也是白的
孤挺花，孤挺花

六十一年二月・屏東

歌致葉綠哀

一

今天的晚譚就用星子做題材
紅花在襟上萎掉以及時光飛逝的話題
繞過因果和宿命的小徑，顧望的廻廊
我睏着的時候
你不要走開

雙臂捲折在花心
嚼水果糖一樣嚼着你的名字
午睡的夢中
葉綠哀，葉綠哀
我是不是花瓣

二

一大片油菜田過去，鴉色驚飛的
荒草間有人踏出一條路
遠到山邊水涯——
我一個人去，只爲對着雲打盹
爲
沒有速度的
安靜

安靜
寒冷的日子，夢見火種斜斜地種在
栽梅的庭除
寒天的夢中
葉綠哀，葉綠哀
我是不是你山上砍來的
爲着燃點的栴檀

三

因有情喚無情
山也動容，水也動情
——山水聽我千遍的呼聲以後

已有震耳的回響

霞天用萬種斑斕
報那湖上荷的靜想
信者登山合十
佛
微笑

葉綠哀，葉綠哀
你讀罷新詩，爲甚麼掩卷而歎

六十一年十月·屏東

東部

我說與你聽
東部，東部是大斧劈的山水
山溶溶，水嘩嘩
却在一朝
山河的動力，凝成青嵐
洪水銷跡，兆嚬的岩層
入定爲畫

我說與你聽
火車穿過荒莽的河床
從鹿鳴橋，可以
支頤支到紅葉谷、安通、花蓮港
花蓮花蓮，說過再也不去了
蓮移螢走的花蓮哪——
也可以，從十七歲
一支頤
到
三十四
遲遲疑疑，才發現
蟲豸郵票的那信哪
早已蝶飛紙腐

蝶飛紙腐
故事，故事如一樹黃梔
凋於春雨。花鬧驟止
時空的篩下
淚水是
苦苦的
遲緩的
一顆
舍利

可焚的
信帙詩牋
不可焚的洪荒

一概在東部
心遊神馳的東部
入定爲畫的東部……

六十二年六月・屏東

閉關

因西風
因柳，因池塘
閉關
因手因眉閉關嗎
因
螢
因佛壇因鼓嗎

秋風中，因
鼓的
細顫嗎
不
不

關閉於
煙、於枇杷樹
事件因風而化
因殼的肅然
因果
不因
因

六十三年五月・屏東

臺東大橋

一

大颱風之夜
母親說：風向回南了
回南，苦苓子飛落一地
石石磊磊的卑南溪啊
洪暴已經過了警戒線

聽說大吊橋已流走
如抱的鋼絲曾奮力堅持
與萬匹馬力的山洪，決
臂力、張力
如蛟的鋼魂終於不支
鋼斷
如英雄之崩倒
鳥靜日落、心悸淚流
皆不擬的
悲哀啊

二

荒山荒水
石連石
疊疊磊磊的卑南溪啊
石隄的巨肺在沙中吐納
我的血脈連着
石隄的血脈悠悠連着
荒古，信耶不信
荒天荒地，如此
洪荒的感覺，流湍向
内

聽說吊橋已流失
山哭石慟，卑南溪灰灰的大隄
灰灰卑南溪吊橋怎可流失我的童年
同年同在隄上的孩子
同不同我
如此追想
笛聲迢遞的童年

三

苦苓子落地十遍
我已一樹華蔭
母親母親爲我講了許多故事
孩子孩子我對你該說些甚麼

卑南溪雨來無兆大水滔滔
鋼骨與河拔河
鋼斷

逝者如斯如斯
大吊橋大吊橋
今已杳杳
杳杳如我
迢遞的童年
——焚香，一祭

六十三年五月·屏東

後記：臺東大橋，原是遠東第一吊橋，跨架於卑南溪上。數年前爲大水沖失，今已無跡可尋。臆想當夜，黑水困鬥白龍，翻騰嘶吶，以至於死。余愛其狀，悲惻不足，以詩記之。

白色的歌

爸爸的頭髮變成白的
變成我心裏一首
白白的歌，悲傷的調子唱的

但是爸爸不以爲然
他說白頭髮蠻漂亮的
歲月算什麼
逆境算什麼

媽媽的血壓很高
睡眠不好
我的憐憫從
她的嬰孩時期開始
我想媽媽從前
也是一個可愛的嬰孩
她的爸爸媽媽
多麼疼她
如何能知道
他們的寶貝，日後
受那麼多苦難
雙手的皮膚龜裂

指甲也不好看
臉上也不好看

有時候我就怪爸爸
爲什麼不知道痛惜她
但是如果爸爸有幾天不在家
她便那麼擔心害怕
一點也不是我想像
她會仇恨他的
那樣

因爲我是他們的孩子
就那麼不懂道理地
牽掛

你就是對我說一百遍
人總要變老變醜
我的心底仍爲他們唱
一首綿綿的悲歌
像古老的先民
從四野唱
慢慢唱出一首首民謠
那樣

六十三年十月・艾荷華

晨間

遠遠的草上如果
有一點
劈拍的聲音
如果我們坐在階前
爲狩獵或織布
猶豫

落葉的行色
水的煙色
如果我們互相靠着，爲
那輕快的
寧靜
挽留

必也一些悵悵，如此
不能分辨。必也家愁
國情
如果我們坐在階前
爲
那初寒的新詩

一時
不能
終卷

六十三年十月・艾荷華

下午

這是如何
古典的下午
詭諧的
譎趣的
參入鉻黃
手也罷，髮也罷
這是比塞尚早些的

古典的下午
秋風也未來的下午

當然要感覺就要感覺
比較東方的秋風
也枯葉也蓮池
漠漠的
人也未到，信也未到
淡淡的下午

若是撿落葉
若是撿落髮
　　當書簽
兩者都不要存太久

天也雨，人也累
瀟瀟瀟瀟
　東方，東方我要回去
的下午

稍稍
比深深
好些
橘子水比酒好些
　不必詳說的下午

六十三年十月・艾荷華

夜晚

我聽到你奮泅的水聲
問你：這樣冷
　　這樣深
　一湖藍藍的夢魘
你要不要伸臂登岸，待我救你
（猶記一番定定的凝視

傾三十三天的傾想
傾入那接受的圓缽）

我或許能，眞能相援
或許只能：同殉
隕入那樣深那樣冷
黷黮重重的夜晚

而渾忘那無奈的愚騃
渾忘，渾忘，連遺忘，也一併遺忘
這樣風寂物死的夜晚

六十三年十月・艾衎華

生

黃黃的一畦菜花在
紗簾外面搖動
陽光
騎單車的小孩
一點也未覺生的可喜
除非重重的
病後

六十四年八月・永和

死

輕輕的拈起帽子
要走
許多話，只
說：
來世，我還要
和
你
結婚

六十四年八月・永和

淚

爲着一叢叢
水芹菜一樣的哭
要彎繞好多的路啊

那煙水雲霧的
山深處
愛和傷害
同一個泉脈

六十四年八月・永和

夢

不敢入詩的
來入夢

夢是一條絲
穿梭那
不可能的
相逢

六十四年十二月・永和

媽媽

當我認識你，我十歲
你三十五。你是團團臉的媽媽
你的愛是滿滿的一盆洗澡水
暖暖的，幾乎把我浮起來

但是有一度
你把慈愛

關了，又旋緊
也許你想，孩子長大了，不必再愛
也許，根本沒有災難
也許媽媽無心的差錯
是我的最災難

等我把病病好
我三十五
你剛好六十
又看到你，團團臉的媽媽
好像一世，只是兩照面
你在一端給
我在一端取
這回你是泉流，我是池塘

你是落淚的泉流
我是幽靜的池塘

六十四年十二月・永和

敻虹詩集

萬卷文庫 65

作　　者：敻　虹
創 辦 人：姚宜瑛
發 行 人：吳錫清
主　　編：陳玟玟
出 版 者：大地出版社有限公司
社　　址：台北市內湖區瑞光路 358 巷 38 弄 36 號 4F-2
劃撥帳號：50031946(戶名：大地出版社有限公司)
電　　話：02-26277749(代表號)
傳　　真：02-26270895
E-MAIL　：vastplai@ms45.hinet.net
印 刷 者：百通科技股份有限公司
七版四刷：2012 年 4 月
定　　價：220 元

大地全球資訊網：http://www.vastplain.com.tw
Printed in Taiwan